MELANGES CONFUS

SUR DES

MATIERES FORT CLAIRES

MÉLANGES CONFUS

SUR DES

MATIÈRES FORT CLAIRES,

Par l'Auteur du Gazetier Cuirassé.

Né parmi les Romains je perirai pour eux.
VOLTAIRE.

Imprimé sous le SOLEIL.

EPITRE

A UN

A M I.

Mon Ami,

SI *ma conduite vous étonne,* & *si vous ne concevéz pas mon courage, ce n'est pas ma faute; en m'exprimant auffi librement que je l'ai fait fur la corruption des gens vitieux, que je détefte, c'eft vous avoir annoncé que je fuis au deffus de toute forte de crainte,* & *que la prévoyance de vôtre amitie, eft une inquiétude de trop : raffurez vous donc puifque je fuis tran-*
quile,

quile, & foyéz convaincu que mes principes feront auffi immuables que mes fentimens pour vous.

Si je paffe à vos yeux pour un infenfé parce que je fronde fans mefure les préjugés de ma nation, fongez qu'avant d'étre Français je fuis homme, & que c'eft l'humanité qui m'ordonne d'étendre mes droits fur tout ce qui me parait en bleffer les privilèges précieux.

Je me rapellerai toute ma vie vos réflexions, & la force qu'elles ont reçue d'un cœur auffi éloquent, & auffi généreux que l'eft le vôtre ; mais je me fuis interdit le droit d'en profiter, en faifant ferment de ne pas m' attendrir fur moi : laifféz moi,

4

mon

mon ami, épancher toute ma
fenfibilité, fur les malheurs de
ma partie ; fi je ne la venge
point en addreffant mes coups
fur fes ennemis, mon exemple
pourra encourager des victimes
engourdies, qui n'ont befoin que
de fentir leurs maux pour fe
faire entendre & demander
juftice de manière a l'obtenir : fi
fe me facrifie à mon zèle je jou-
rai de la gloire de ce facrifice,
avant que les tyrans dont s'en-
venimerai la rage ne foient a-
breuvés de mon fang.

Croyez mon ami qu'avec une
ame de cette trempe rien n'eft
capable de me faire changer de
refolution : épargnez moi donc la
douleur à l'avénir de me faire
réfifter à mon penchant en me
re-

refusant à ce qui peut vous plaire & soyez persuadé que si j'ose affronter le danger, je l'attends à l'abri d'un cœur intrépide, qui ne se démentira pas plus sur le courage que sur l'amitié.

Je suis mon cher Mentor, le plus sincere & le plus tendre de vos amis,

Le GAZETIER,

IDEES

IDEES

ET

DÉFINITIONS.

ON prétend que conseil supérieur signifie en bon Français, *assemblée mercenaire de gens vendus*, qui font toujours la volonté du prince quand ils en font requis.

On a remarqué que la V--- M--- descend de quatre prostituées, que Catherine Ire. fut femme d' un soldat, & que la comtesse du Bar--- est fille d' une servante, et d'un moine.

B   L'inceste

L'incefte eft regardé à Paris comme une convention honnête pour conferver la réputation des familles, qui ne prend jamais fur l'honneur.

Un état monarchique felon le chan---- de *Ma -p--u* eft un état, ou le prince a le droit de vie, & de mort fur tous fes fujets, où il eft propriétaire de toutes les fortunes de fon royaume, où l'honneur eft fondé fur des principes arbitraires, ainfi que l'equité, qui doit toujours obeir aux interêts du fouverain.

La pairie était autre fois en France une dignité, qui n'admettait point la moindre fouillure lûre ; mais aujourd’hui un pair peut *empoifonner, ruiner une province fuborner des témoins, pourvû qu’il ait l’art de faire fa cour, & de bien mentir.*

Le nom de *marquis* à Paris n’eft pas toujours comme par tout ailleurs, la marque de propriété d’une terre tîtrée (qui donne le droit d’en porter le nom;) c’eft le plus fouvent la qualité imaginaire d’un petit gentilhomme fans bien, qui ne poffede qu’une paire de fouliers *à talons rouges,* deux chemifes, & un plumet, fur le quel eft affecté fon marquifat.

On compte en France que fur environ deux cent colonels, tant d’infanterie, cavalerie, que

B 2   dra-

dragons ; il y en a cent quatre vingt qui favent *danfer &* *chanter des petits airs,* à peu près le même nombre qui portent de la dentelle * & des talons rouges, & la moitié au moins qui favent lire, & figner leurs noms : on ajoute à ce calcul qu'il n'y en a pas quatre, qui fachent les élemens de leur mêtier.

De tous les officiers généraux Français, qui font au nombre de plus he huit cents, il n'y en a pas quatre vingt qui ayent obtenù ce rang par leurs fervices ; dans tous les pays du

---

* M. D'Hautéfort n'enporte plus depuis que M. le comte de Lugeac lui en a déchiré une paire en paffant fon régiment en revûe.

monde

monde les grades militaires font le prix des talens, ou des actions d'éclat ; mais il eſt des corps en France, où ces grades viennent comme les cheveux blancs. *Il ne faut qu'attendre.**

On a remarqué dans tous les tems que le rois ont écrafé les puiſſances plus faibles, que la leur, quand ells ont été plus juſtes.

La Baſtille eſt un château tellement fortifié, qu'il ne faut qu'une minute pour le prendre, & qu'on eſt quelquefois trente

---

* La maiſon du roi qui ne marche que comme les fameufes queues de Conſtantinople, eſt une pépiniére, ou un homme ignorant, un homme faible, un homme paralytique peut devenir officier général auſſi aifement qu'un brave homme.

6   ans

ans en capitulation pour le rendre.*

Pour avoir une Idée des *conseils souverains* & *des commissions de la cour*, il faut se rappeller la mort du *comte d'Eu en 1350, d'Enguerrand, de Marigny, d'Urbain grandier,*† &c. Il faut demander en suite le prétexte de la mort de M. de Lally, & ce que font Mess. *Páquier* & *Chardon.* Il n'y a rien qui puisse donner une Idée plus claire de cette sorte justice.

---

* L'exemple du prisonnier sacrifié à une précaution par le cardinal Richlieu demontre clairement cette verité & les horreurs de la politique.

† Urbain grandier curé de Laudon accusé de sortilége, & condamné à étre brûlé par deux commissaires envoyés par le cardinal de Richelieu.

L'abbé

L'abbé Girard dans fon dictionnaire des fynonimes, a mis le nom de marquis (tel que le portent beaucoup de gens) à coté de celui de fat, d'orgueilleux, d'impudent, &c. Il eft evident, fi l'abbé connait la force de la langue Françaife, que Paris lui fournira beaucoup de fynonimes de la même efpéce.

La mode s'étant introduite en France de rougir avec fa femme ; les femmes, pour fe venger, font convenues de ne plus rougir avec leurs amans.

Quand le Sultan envoie le cordon à quelques victimes, les muets pillent. Il n'y a pas grande différence entre les mœurs Turques

Turques, & les ufages tres Chrétiens.

Un pays libre eft une montagne élevée qui voit la foudre fe former à fes pieds, gronder fur la plaine, & retentir dans les valons, où elle choisît, fes victimes. C'eft ainfi que le château de Douvres voit ce qui fe paffe à Calais, &c.

Les billets doux du pere Jofeph * ont avili la nation Françaife dans le même tems que

---

* Jofeph Capucin hardi & ambitieux eft l'auteur du projet affreux, qui prive *un citoyen de fa liberté, un fils de fon pére, une femme de fon mari,* &c. &c. ce miferable moine favori du cardinal de Richlieu, lui fournit l'arme cruelle dont fe fert de nos jours le duc de la Vrill. Ce poignard empoifonné s'appelle en langue mitigée. *Lettre de Cachet.*

les

les Anglais ont ennobli leur gouvernement.

Un premier miniſtre eſt un homme, ſur qui les bons, & les mauvais ſuccès ont le même aſcendant qu'il s'arroge ſur les autres hommes ; la fortune lui paye ſouvent ſon injuſtice, & ſon aveuglement en même monnoye.

Le malheureux a le droit de ſe plaindre du tyran, qui le perfecute, aucun puiſſance ne peut le lui ravir qu'avec la vie. C'eſt le ſentiment de M. de la Chalotais.

Le calme du crime eſt auſſi horrible que le criminel eſt odieux. M. le Chanc--- eſt convenu de cette verité.

G   L'ex-

L'exiſtence d'un homme qui ne s'eſtime pas eſt un ſupplice lent qui le dechire s'il n'eſt pas un monſtre : cette Idée eſt ſuppoſée étre de. M. le duc d'Aiguill-- mais on ne l'aſſure pas.

Il eſt des fautes de probité qui ne deſhonorent point dans le monde, cent millé ecús de dettes n'empéchent point une homme d'étre reçú quoiqu'on ſoit aſſuré, qu'il ne les payera jamais ; un manque de courage l'exclut généralement, & ſans rétour : Il n'y a que le marquis de Ville-- qui faſſe exception à cette derniere regle*.

---

* On compte douze occaſions de ſa vie dans leſquels ce marquis a tournê le dos evidemment on dit qu'il l'à fait d'avantage en *ſecret*.

Paris

Paris est un gouffre profond
dans le quel tout le monde ar-
rive au Galop, & se précipite
l'un sur l'autre avec un fracas ef-
froyable, la rapidité des mouve-
mens est bien embarassante pour
un philosophe obligé de se ser-
vir de sa lunette, & qui n'a pas
routé dans ce cáhos: des mouve-
mens violens, des apparences
brillantes, un empressement in-
sensé, une gaité extravagante,
font les ressorts qu'il entrevoit; *il*
n'apperçoit rien au dela. Quand
on a vecû dans le tourbillon, on
sait que le plaisir, l'interêt, la
vanité sont les grands ressorts de
toute cette machine; on sait,
que les gens qui paraissent le
plus occupés n'ont rien à faire,

que

que les chevaux les plus vites
font souvent arrêtés par le mar-
chand qui les a vendu, que les
broderies que portent les agréables appartiennent à des merce-
naires qui sont en prison pour
les payer, on sait que les
femmes, qui font le plus valoir
leur délicatesse, n'ont qu'un
souvenir éloigné d'avoir été ver-
tueuses ; on sait que les grands
seigneurs font presque tous des
ignorans, quand ils ne sont pas
des sots ; que les Abbés sont des
impudens, ou des traîtres ; enfin
l'on sait qu'il y a des gens qui
etaient plongés dans la fange
peu de moments avant leur
élévation, qui sont aujourd'hui
au haut de la roue sur la qu'elle

ils

ils auraient du étre etalés ſi on leur avait rendu juſtice.

Londres eſt une aſſemblée de marchands & de philoſophes, qui ſe concilient très bien entr' eux, le philoſophe fait des ſyſtêmes, tombe en conſomption, & meurt ſans avoir derangé l' équilibre domeſtique · de ſon voiſin qui fait des enfans à ſa femme, mange du *roaſt beef*, & du *plum pudding* & finit par une indigeſtion.

Le même monſtre, qui file les cordons à Conſtantinople, trempe les chemiſes dans le ſouffre à Liſbonne, fait rôtir le Huron en Amerique, & *diſtile les Cachets* à Verſailles.

L'homme

L'homme qui devient le fleau de l'humanité doit étre facrifié au bon ordre, c'eft le voeu de toute la France à l'egard de M. de Mau....u.

Il y a des femmes dont l'abord eft fi refpectable, qu'elles ont beau faire pour qu'on les infulte, la bonté de leur ame, & la douceur de leurs mœurs, ne les garantit pas du refpect qu'elles infpirent *.

Une reffource infallible à Paris pour une femme à qui il refte un peu de figure, & qui

---

* M. le comte de St. B¡--- connu dans le monde par fes failies s'eft accufé une fois à la table de la ducheffe de M -z---n du plus profond refpect pour elle, après avoir dit, un moment au paravant, qu'il ne refpectait que les femmes laides, les imbeciles, & les catins.

n'eft

n'eſt point aſſès ſotte pour étre delicate, eſt de donner à jouer, & d'ouvrir ſa porte à tout le monde, elle a toujours des *amans frais* par ce moyen elle vit *ſomptueuſement*, & ne s'ennuye pas autant qu'une prude. Il y a trente ans, que Mad. de Gram. & Mad. de Roche--- ont mis cette morale en pratique.

Un cardinal qui eſt un curé à Rome, eſt en Eſpagne, & dans tous les pays ſuperſtitieux la monnoye d'un pape en France c'eſt un abbé intriguant, ou vigoureux, qui gagne ſon chapeau par ſon adreſſe, ou des tours deforce, en Angleterre ce ſerait un animal curieux a voir.

Le droit des gens eſt une loi générale reconnue par toute la terre qui n'eſt reſpectée qu'à Londres ; ou elle a cependant été violée quelquefois d'une maniére atroce par des ſcélérats* qui n'ayont rien à perdre ont oſé tout tenter.

La ſeule différence qu'il y ait entre l'inquiſition, & la baſtille eſt celle que l'on trouve entre un chien & un loup enragés.

Les bramines, les derviches, & les moines cathóliques ſont trois eſpécés de fripons dont les uns eſcamotent les aumones, pendant que les autres pillent & mettent à contribution tous les *imbéciles qui les révérent.*

---

* Le marquis d'Effrato & peut être ? le malheureux chevalier d'Eon, en font la preuve.

ANECDOTES

ET

NOUVELLES LITTÉRAIRES.

L'Academie Française a proposé extraordinaire-ment un prix d'éloquence qui fera une médaille d'or de 1200 livres pour celui qui prouvera le plus clairement que M. le Chancel---eſt un *honnête homme* Mad. du Bar-- une *femme de bien*, que le duc d'Aiguill-- eſt *innocent*, que le marechal de Richel--- *ne put pas*, & que le duc de la Vrill--- *a de l'eſprit*.

D   Si

Si les auteurs n'ofent fe faire connaître, on enverra le prix à l'adreffe qu'ils indiqueront.

Il parait en France un livre intitulé, Journal d'un homme d'efprit à l'ufage des fots ; tous les gens en place on foufcrit.

Il y a tous les jours une af-femblée de Beaux Efprits chez Mme Geoffrin compofée de M. le duc de la Tremo----, du duc de Mon--renci, des marquis de Beth--e, de Soyeco..t, & de Feuqui...., &c. M. le comte de Cha ..ais y ayant été conduit par le marquis Dafnieres a lù un mémoire fur la meillure méthode de cultiver les char-dons qui a fait grand plaifir à toute la compagnie.

M

M. le marquis de Maillebois ayant voulu prendre congé de l'académie des fciences avant de paffer en Turquie, a convoqué un' affemblée à la quelle il a prefidé : le fieur Cadet académicien fon confrére après une differtation fur la nature des Houris lui a prefenté un verre de lait virginal * que ce général A-bu à la fanté de la compagnie. Après quoi il eft parti, pour Conftantinople avec fon † bonnet de nuit, & fes patbouches dans fa poche.

---

* Cadet a préfenté a l'académie l'extrait d'une liqueur fortie du fein d'une fille, qui n'avait jamais eù de faibleffes.

† Bonneval ne trouvait de différence entre les Chrêtiens, & les Turcs que par le chapeau, & le bonnet de nuit.

D2　　L'evêque

L'evêque de fenlis, & l'abbé arnaud ont été nommés Beaux Efprits en titre d'office, & ont fait chacun un difcours fort long, & fort ennuyeux, fur le mérite qu'ils fuppofent à leur compagnie, & les prétendues qualités de leur fondateur.

Le jour de l'anniverfaire des Etoufês * M. Bignon prevôt des marchans doit prononcer leur oraifon funébre dans l'eglife de la Magdeleine. Il efpére démontrer que la police était

---

* Le 30 May, 1770 le guet ayant empeché la bayonette au bout du fufil, l'ecoulement de la foule qui avoit affifté au feu de la place Louis XV. par le Boullevard quelques caroffes augmenterent la preffe au point, que 140 perfonnes refterent fur la place, en attendant un moment plus favorable pour défiler.

bien

bien ordonnée, que le feu d'
artifice était très beau, & que
s'il y eut beaucoup de gens d'
ecrafés, c'eft une preuve qu'il
y eut beaucoup de monde *à fa*
fête, qui aurait fini avec le feu,
s'il n'y avait pas eu un enterre-
ment pour la ranimer.

Le fyftême de J. J. Rouffeau
eft actuellement dans la plus
grande faveur à la cour, les
grands feigneurs pour fe recon-
naître dans leurs enfans les ac-
coûtumant à marcher à quatre
pattes.

L'abbé de l'attagnant après
avoir fait tant de chanfons à
boire, eft allé dormir chez les
peres de la doctrine, où il a pris

des

des arrangemens avec le fomme-
lier pour mourir Yvre.

On imprime actuellement l'
alphabet des gens inutiles, ou
le Dictionaire Mufqué qui fera un traité Encyclopédique des
connaiffances de la haute no-
bleffe, les articles *Chénil, Toilette,
Écurie, Bonne fortune* feront
traités particulierement avec
beaucoup de foin comme les
plus effentiels à la belle educati-
on. M. le duc de Luxemb... s'eft
chargé du mot créancier, *talons
rouges, boucle á l'œil,* & quelques autre termes à fon ufage :
le duc de .... y a ajouté de
très bonnes idées fur les em-
prunts *.

---

* Le duc de -------- ayant befoin d'argent
envoya en gage un tiroir rempli de Boëtes d'or

Le chevalier de Choiſeüil vient de mettre au jour l'art de nourir vingt chevaux & dix do- meſtiques, &c. &c. &c. avec cent Louis de rente : cet ouvrage s'imprime aux frais de Mlle. Fleury qui à prêté cinq cent Louis à l'auteur.

M. le duc de Niver-- vient de faire imprimer ſes fables avec l'hiſtoire de ſes pauvres nerfs, on aſſure que ce livre eſt tres propre à ramollir les cœurs les plus endurcis contre les maladies imaginaires.

On avertit les epiciers & marchands de chandelle, que

---

que teſniére lui avait confié ſous le pretexte que lui allegua le duc *qu'il voulait les faire voir à ſa femme* pour en choiſir M. de Sart--- a arrangê cette grande affaire qui aurait été fort loin dans un pays civilizé.

l'on

l'on viente de mettre en vente la nouvelle édition des œuvres du chevalier *de Mouy*, & de *d'Arnaud Bacculard* avec les ouvrages mourants de l'immortel abbé de *la Porte*, & les joyeux reftes de poinfinet qui eft revenú de l'autre monde par la diligence de Lyon.

Les lettres ont perdu cette année pleufieurs jeunes gens, qui donnaient beaucoup d'efpérance pour l'avenir ; (entr' autres) *Piron*, M. de *Moncrif*, le prefident *Hénaut*, Mme. de *Gomez* & les abbés *Alaric* & *des Maretz* qui faifaint entr' eux environ cinq fiecles & demi ils font tous morts avec la fraicheur de leur enfance.

M.

Mme *Riccoboni* continue à soutenir l'attention de ses lecteurs par des équilibres de sentiment, qui deviendraient un exercice fort rude si on en prenait trop ; elle doit donner bientôt un Roman intitulé *les efforts*. On assure qu'il en faut faire de très grands pour le lire d'un bout à l'autre.

M. l' *Abbé Joannet* vient de donner un livre intitulé, *Les bêtes mieux connues*, dans lequel il définit toutes les *espèces* qui sont aujourd'hui au ministère.

M. le Chanc-- fait travailler avec la plus grande diligence, à un livre qui paraitra sous le titre *De Dictionaire des Crimes* ; pour justifier ses entreprises par

E   com-

comparaison, en démontrant qu'il y a toujours eu des fcéle-rats dans le monde : chaque fiècle fournit au Chance-- *une ou deux excufes.*

Mr. *Thomas* a donné un effai fur le caractère, l'efprit, & les ouvrages des femmes, qui prouve qu'elles ont toujours été plus propres à perpétuer le monde *qu'à l'eclairer.*

Mr. *d'Alembert*, dans la der-niére féance de l'académie, a lù une epitre de M. *Saurin* fur les malheurs de la vieilleffe, qui a arraché des larmes à toute l' affemblée, par l'onction fim patique de M. d'Alembert quand il a lu les regrets de l' impuiffance *.

_____

* On voit pourquoi ? dans le philofophe cynique.

M^{de} de *Goméz* eſt morte en couche à *St. Germain en laye* des oeuvres de l'abbé le Blanc, dont elle traduiſait par Reconnaiſſance les lettres ſur les Anglais en bon Français *.

L'art de faire faire banqueroute à un amant publié par Mlle Deſchamps, vient d'étre revu & corrigé par Madame de Montalais, qui en fait une nouvelle edition aux dépens de M. de Fontanieux dans ſa petite maiſon de Bercy.

On promet des obſervations ſur le charlataniſme de la cour

---

* Le pauvre abbé le Blanc a ecrit des lettres ſur les Anglais qui font pitie ! mais en revanche il a fait Abenſaïd & paſſe pour un genie chés Mde. Geoffrin.

de

de Rome, la mauvaiſe foi des prêtres, la ſcélerateſſe des moines, & les horreurs de l'inquiſition ; elles ſeront tres propres à perfectionner l'opération de la cataracte, dans tout le monde chrétien. *

On diſtribue ſecrettement à Paris, *la proteſtation des princes* contre tout ce qui ſera fait par un vieux marechal de France *qui eſt un fou*, un petit duc *qui eſt un imbecile*, & un magiſtrat *qui eſt un ſcelerat*, cette ligue s'appelle en France *le triumvirat des enragés* heu-

---

* Les devots de bonne foi & les gens qui vivent de l'autel regarderont l'auteur comme un ſacrilége ou un perfide mais il leur annonce qu'il n'ecrit ni pour les ſots ni pour les fripons.

reuſement

reufement pour le public que ces trois monftres n'ont qu'un ai-quillon pour l'ancer leur venin.

Le chymifte Baumé, vient de mettre au jour un traité fur les poifons qu'il a dédié à M. le duc d'Aigui...... ce duc a pro-mis par reconnaiffance de lui donner fa pratique à l'ave-nir.

Paris eft innondé de petites brochures, depuis trois mois, qui annoncent la fermentation des efprits ; mais les auteurs ont été fi bien corrigés, que les fources commencent à fe deffê-cher aujourd'hui ; on a donné (entr'autres) un petit livre inti-tulé *avis aux exilés & aux*

mal-

malheureux * qui leur indiquait une voie fure pour finir leurs calamités, le Chanc-- à qui fes efpions ont conduit l'auteur s'eft contenté de faire bruler l'ouvrage & de faire empoifonner le donneur d'avis le lendemain par le chirurgien de la Baft....

On annonce une nouvelle edition, d'un livre intitulé Compilation d'abfurdités recueillies par un ignorant, ou *Ecole de Litterature par M. l'Abbé de la Porte.*

On va donner l'Opera de Circé dans le quel on confervera

---

* M. de Ma---p---u ne croyait peut être pas que ce fecret horrible peurcerait les murs du cachot ou s'eft commis ce crime politique.

toutes

toutes les vraisemblances qu’ exige ce poëme ; il y aura (entr’autres) une danse d’animaux Grognans que l’on ne sera pas embarassé, de trouver parmi les sujets qui sont au théatre : s’il y a une partie vocale dans cette piece, *Durand* & *Muguet* se sont offerts pour l’exécution.

Discours sur le point d’honneur prononcé par le comte de Sabr..... cité au tribunal des *marechaux de France par son* cordonnier *.

On réimprime les consolations du pére Drélincourt contre les

---

* Ce joli petit comte a fait environ deux ou trois mille billets d’honneur dans sa vie & en a payé deux ou trois cents on assure qu’il en a fait de trente livre Tournois & au dessous.

frayeurs

frayeurs de la mort, dediées à M. le cardinál de Luy..., qui à pris le petit collet pour mourir tout naturellement *.

On a chargé l'hiftoriographe du Portier des chartreux de donner dans le même ftile l' Hiftoire de Mad^me la comteffe du Bar... fous le titre de *Mémoires propres à fcandalifer le Public.*

Les effais fur la † cacomonade par *Keifer Nicole, & Bel-*

---

* Le cardinal de Luynes étant capitaine de dragons fe vengea d'un foufflet reçu en prefence de toute la garnifon en prenant le petit collet le lendemain.

† La cacomonade eft une puiffance américaine qui regne aujourd'hui fur toute l'Europe elle a quelques ennemis dangereux, mais elle a tant de bonnes amies & de jolis foldats qu'elle regnera à jamais fur toute la terre.

le

let, vont paraitre à la fuite de l'hiftoire générale des affafinats, on imprimera au lieu de table les extraits mortuaîres des maladies qu'ils ont traité pour concilier l'eftime, & la confiance publique à ces trois fameux médecins.

Le marquis de Thibouv....... doit publier fes campagnes à la fuite d'un poëme intitulé, Le Temple de G..... * avec la defcription des Fêtes qui s'y célébrent tous les jours; cet ouvrage fera enrichi de vignettes deffinées fur les lieux par

* On croit que ce temple eft fitué Quai des Théatins ou était autrefois l'hotel de Grammont.

F   le

le fieur Danzel artifte célébre, que M. de Voltaire a chanté dans un Mercure de 1768.

Collardeau vient de mettre en vers tous les ouvrages de Dorat, qui continue à s'enrichir par le commerce de fes eftampes.

M. de la Roche ancien colonel de dragons, qui a long tems vécu de la petite guerre vient de faire imprimer les moyens dont il s'eft fervi pour ne pas mourir de faim, & apprendre à vivre aux autres.

On a brûlé par la main du bourreau un livre intitulé le Rêve d'un honnête homme, qui promet à tous les fcélerats du royaume, une cataftrophe

dont

dont il donne les details. Ce livre eſt dedié au Chancel....... & diviſé en dix chapitres dont chacun renferme l'hiſtoire d'un grand ſeigneur avec la deſcription d'un ſupplice: ces portraits ſont ſi frappans que tous les gens en faveur ſont effraiés de leur reſſemblance.

L'art de faire la guerre s'imprime aux fraix de l'ancien abbé *de St. Germ...* du *marechal de Contd......*; & du *prince Soub.....* qui ont recú d'aſſéz bonnes leçons à *Crevel,* à *Minden,* & *Roſbak,* pour étre en état de les rendre au public; on y a joint un eſſai ſur la colére, & la cru-

auté,

auté revù, & corrigé de fang
froid par le même marechal de
Cont..... *

---

* Toute l'armée a été indignée d'un trait du
maréchal de Cont---qui ne fera jamais oublié
ce général féroce ayant eu l'inhumanité de faire
pendre quelques jours avant la bataille de Minden, la femme d'un foldat Saxon qui fut fur-
prife dans un jardin par le prevot de l'armée:
cette malheureufe femme etant groffe de fept
mois, etait allée chercher des légumes, pour ne
pas expofer fon mari.

I N-

INVENTIONS

NOUVELLES.

MR. de Cham---fet a présenté au gouvernement une machine, avec laquelle on peut pendre cent hommes d'un coup, ce digne citoyen, qui s'exerce fur tous les genres, eft l'auteur du projet de la petite pofte, & l' entrepreneur des ponts volants qui doivent s'etablir cette année : le gouvernement a fait venir quatre des plus fameux

bour-

bourreaux * pour faire leur rapport ſur la machine à pendre, qui ſera très commode pour le miniſtére, quand les Cordons feront arrivés de Conſtantinople, où on en charge un vaiſſeau *en attendant que la manufaƈture qui doit s'établir en France ait reuſſi.*

Il y a un ingénieur à Bedlam, qui prétend faire un pont avec de la toile pour aller de Douvres à Calais, où il trouvera des chariots ſans che-

---

* Les commiſſaires de la cour en aſſemblérent huit pour déterminer le ſupplice de Damiens, ce qui a paru auſſi atroce aux yeux des gens de bien, que le crime de ce ſcélerat qui a ce que l'on aſſure était en démence lors qu'il le commit.

vanx

vaux qui iront beaucoup plus vîte que la poste *

On a établi à Paris un bureau d'affurances pout la fidelité des femmes, qui fera ouvert pour tout le monde, fur plufieurs tarifs ; les grands feigneurs font foûmis à payer cinquante pour cent, outre laquelle taxe, s'il y a évidence particuliére contre les affureurs, les droits augmenteront arbitrairement fur les ré-

---

* Cet ingénieur a propofé de faire conftruire des vaiffeaux à fix rangs de rame, de fournir cent muids d'eau par heure fans pompe *à cents pieds de hauteur*, de faire connaitre le mouvement perpétuel, de trouver un levier qui puiffe être dirigé par un enfant de fix ans & qui foit capable de mettre un vaiffeau en mer fans le lancer, &c. &c. cet ingenieur promet tous fes fecrets à qui lui donner a une once de tabac il eft connu de beaucoup gens.

putations :

putations : plus les femmes feront fufpectes, plus elles feront eftimées chérement *.

Le gouverneur des enfans d'un très grand homme, qui eft chevalier des ordres du roi, lieutenant general, &c. vient d'inventer une bride pour les maris, & une felle pour les femmes dont tous les artiftes ont trouvé l'invention admirable.

Le Lit de repos de Mlle Hufs, eft devenù tellement à la môde en France, que les femmes ne veulent plus en avoir d'autre; c'eft une bafcule avec deux

---

* Les directeurs de cette grande affaire doivent donner la lifte de leur exceptions dans laquelle il y aura beaucoup de duchefles.

poids

poids qui font leur opération ſi meſurée, que la ducheſſe la plus fiére peut faire ſes exercices ſans s'humaniſer.

Un tapiſſier de Paris, a inventé ſur cette idée, une bergére, qui s'appelle un aide de camp ; les reſſorts ſont diſpoſés de maniére, qu'on eſt toujours maitre du champ de bataille, & que l'on ne perd jamais le niveau.

Les dévotes ont trouvé le ſecret de renfermer le portrait de leurs amans, dans un crucifix à reſſort qui s'appelle à la Hautef--- c'eſt à la marquiſe de ce nom que l'on en doit l'invention, & à la ſupérieure

G   des

des filles du Calvaire la découverte *

On a inventé depuis peu une voiture, où l'on n'entre, que par derriere, que les agreables appellent voiture à la villette.

Malgré l'ordonnance de Louis XIV. qui enjoignait aux géographes de prendre la hauteur du méridien à l'Ifle de Fer, le prince de Naff-- qui a parcourù toute la furface du globe vient de le fixer fous la ligne équinoxiale, & s'eft fervi pour déterminer fon point, du demi cercle de Mlle. Fleuri.

---

* Madame de Hautef--- penfionnaire du couvent des filles du calvaire avait caché le portrait du chevalier de Choifeuil dans un crucifix d'yvoire dont la fupérieure a découvert le fecret à force de fe fervir de fes lunettes.

Un

Un homme célébre en Angleterre par ſes talens, a inventé une lanterne pour éclairer les entrailles, qui commence à s'introduire par toute l'Europe ; on aſſure qu'il n'y a jamais eu d'invention plus utile, ni plus Ragoutante.

Un ouvrage militaire intitulé *Les Lyonnaiſes* vient de paraitre avec de grands applaudiſſemens, l'auteur démontre évidemment la paix générale en prouvant l'impoſſibilité de faire la guerre en ſe ſervant de ſes machines, il y aurait cependant quelques petites objections à lui faire ſur les prérogatives du canon qui entre aſſés librement par tout ou il lui

plait ;

plait; mais le livre de cet auteur eſt ſi clair ſur tous les
avantages qu'il promet, qu'on
peut aiſement paſſer ſur cette
bagatelle pour être de ſon
avis.

LETTRE

ÉCRITE AU

ROI DE FRANCE,

Par le parlement de Trèvoux *,
le 26 Avril, 1771.

SIRE,

S'IL est des occasions, où
des sujets fidèles doivent
se dévouer à leur prince, & lui
sacrifier tous les faux préjugés
de l'honneur, c'est sur tout
quand des circonstances fâcheu-
ses dérangent l'équilibre de sa
puissance, & semblent com-

---

* Trèvoux est la ville capitale de la Dombe,
& le siège *d'un parlement & d'une paroisse*. Les
jésuites ont rendu cette ville célébre par le Dictionaire de Mensonges, & le Journal Romanes
que qu'ils y ont fait imprimer.

mettre

mettre la dignité de fa perfonne, c'eft dans la fituation équivoque, où fe trouve aujourd'hui votre majefté envers une nation effra-yée,& mutinée *par l'indifcrétion de nos confrères*, que nous oferons Sire non feulement défavouer leur démarche, mais encore vous of-frir les armes, que nous avons en main, pour les combattre, & les punir de leur attentat.

En effet quel acte eft plus attentatoire, qu'elle démarche peut être plus coupable, que celle d'ouvrir les yeux à un peuple *qui ne doit qu'entendre et obeir* ; & qui depuis l'epoque glorieufe de l'avénément de vos ancêtres, s'etait accoutumé fi volontiers à légitimer dans fon

cœur

cœur une autorité dont vôtre majesté n'est comptable *qu'à la puissance suprême qui la lui* a transmise?* Etait ce à des parlemens qui ne tiennent rien que de leur prince, qu'il appartenait déclairer cet ordre de citoyens qui ne doit jamais voir au-delà de la volonté à laquelle il obeit? votre parlement de Trèvoux sire est composé bien différemment.....

... instruits de nos devoirs, parce que nous les chérissons, ce sera en nous élevant au dessus de la haine qu'encourera nôtre compagnie, que nous couvrirons les

---

* Il parait un livre nouveau dans lequel on demande aux rois de France la preuve de leur institution divine, en faisant voir le traité qu'a signé le père eternel avec eux ; l'auteur de ce livre les en défie.

cris

cris de la défobeiffance, & des remontrances inutiles dont votre majefté eft fatiguée depuis fi long tems : ce fera en donnant l'exemple à toute la nation, que nous lui montrerons la foumiffion, que les fujets doivent à leur prince, & l'amour dont nos cœurs fon pénétrés pour un maitre dans les mains duquel nous ne pouvons & ne devons étre, que *des organes de fa volonté, & des inftrumens de fon pouvoir.*

Si l'effor que nous ofons prendre à la honte des officiers de vos parlemens de *Paris, Bourdeaux, Rennes,* &c. ne pouvait faire rentrer dans leur devoir ces magiftrats égarés qui méconnoiffent les droits de

leur

leur fouverain, & veulent abu-
fer de ceux, qui leur ont été
accordés; c'eft alors fire que
notre zèle éclaterait dans toute
fa force, & que nous obferveri-
ons au peril de notre vie les
ferments que nous vous avons
fait ; le voeu d'etre fidêles &
d'obeïr eft le feul que nous ayons
du faire, il nous prefcrit des devoirs facrés que nous remplirons,
dans toute leur force duffent
tous les fujets de votre majefté
fecouer le joug de la foumiffion
& du refpect, un dévouement
aveugle dans nôtre conduite,
lui garentira l'exercice le plus
févére de fon autorité lors qu'
elle fera obligée d'y recourir.

En remontant à notre infti-

H   tu-

tution, nous avons découvert
avec la plus douce fatisfaction
pour nos cœurs, que tous les
tribunaux de votre royaume ne
font, & ne peuvent étre, qu'une
commiffion perpétuelle de vôtre majefté, pour faire refpecter
fa puiffance, & executer fes ordres ; ce pouvoir étant le vôtre
fire, il doit etre dirigé comm'
un hommage, & ne peut de-
venir fans crime un moyen de
fe fouftraire au principe qui l'a
crée ; le corps de vôtre magif-
trature *(dont nous faifons partie)*
ne peut ignorer que c'eft du
monarque feul, qu'il tire fon
origine, & que fa confiftance, &
fon éclat font des portions de *l'au-*
torité royale dont fes membres
font revétus par elle.　　　Su=

Sujets impuiſſans de la monarchie, avant notre elevation,
quels droits avions nous ſur nos
princes quand nous recumes d'
eux l'ordre de nous aſſembler,
pour juger les peuples confrés à
nos ſoins ?.....Quelle autorité é-
trangere à la leur, a pu nous,
donner le privilège de dicter
des devoirs à nos propres fon-
dateurs, & d'arborer l'etendart
de la révolte quand ils ne veulent pas nous obeir ?.........Eſt-il
probable qu'en confiant l'exercice de leur pouvoir, les rois ayent voulu le fixer, ou le dimi-
nuer ?.....Oſera-t-on (ſur tout)
ſuppoſer qu'ils ſe ſoyent privés
du droit precieux de ſauver la
vie *à un ſujet qu'ils aiment* s'il

plait

plait à d'autres sujets de le con-
damner ? Telle est cependant
l'espéce d'autorité qu'ont voulù
s'attribuer des puissances subal-
ternes, aux quelles vôtre majesté
n'a transmis que la partie la plus
faible de ses moindres droits, sans
commettre par votre bonté Sire
les priviléges augustes que vous
avez reçu de vos péres & que
vous devés conserver à vos enfans.

Si malgrê tous les efforts que
fait votre majesté pour se renfermer dans les bornes de-
clémence & de bonté qu'elle
s'est prescrite, les magistrats qui
se font foulévés, persistaient
dans leurs opniatreté, que
leur fort suive la chute de nos
confréres du parlement de Paris!
qu'une suppression entiére de
tout

tout ce qui ne fera pas de l'avis de votre chancelier apprenne aux Français qu'ils ont un maitre, qui en les chatiant établira à jamais le triomphe de fa gloire, & l'honneur du miniftre qu'il a choifi.

Enfin Sire fi l'exil d'une partie des coupables ne fuffifait pas au rebelles, qui reftent dans vôtre royaume pour les contenir dans la foumiffion qu'ils vous doivent, fi vos autres parlemens continuaient encore à réfifter aux ordres de vôtre confeil, & aux projets fublimes & etonnans de vos miniftres, ne balancez d'avantage il eft tems d'arrêter le mal dans fa fource en déployant l'appareil effrayant

6   de

de vôtre juſtice. Vôtre parlement de Trêvoux oſe offrir à
vôtre majeſté le ſecours de ſes
voix pour la délivrer des chefs
d'une rebellion, qui ne peut
être punie trop tôt, ni trop ſé-
vérement.

Qui croira dans l'avénir, que
les volontés les plus ſages du
monarque le plus puiſſant du
monde, ayent trouvé des ſujets
qui par les loix divines, & hu-
maines doivent lui être aveuglé-
ment ſoumis, qui ſe qualifians
du tître impoſant de pères des
peuples, ont oſé réflechir ſur
des inſtitutions, que le prince
ſeul a droit de revétir des
formes, *qui n'ont été introduites*
qui par lui? Qu'auraient fait

un

un jour nos défcendans, fi l'
obftination audacieufe de vos
cours de juftice, leur eut prépa-
ré la dangereufe liberté d'offen-
fer impunement par de nou-
velles réfiftances les repréfentans
d'Henry le Grand, & de fon
arriére petit fils ; *monarques*
chéris dont la reffemblance fait
le bonheur du royaume Fran-
çais, & la gloire de l'humanité.

A peine un fiècle s'eft il é-
coulé, depuis les fureurs civiles
d'une nation, qui tire fon bonheur actuel de fon efclavage, que
celui des ordres de l'etat, qui devrait étre le plus pacifique devient
par fa réfiftance l'occafion pro-
chaine des plus grands malheurs:
le génie turbulent du *cardinal*

de

de Retz, les vapeurs *de l'Hôtel de Longueville,* viennent occuper le Temple de la Juſtice, & *l' Aréopage Français,* dominé par l'eſprit *des Brouſſels, & des Jolis* cherche à envahir dans la confuſion des affaires une conſidération, dont il a beſoin pour ſuppléer aux qualités qui lui manquent. Serait ce un avantage pour la France de ne vouloir pas ce qui plait à ſon maitre, ſur tout quand il ſe borne à des amuſemens paiſibles & a dérober à la haine publique des courtiſans, qui lui ſont chers ? C'eſt cependant Sire à cet acte de vôtre humanité, que vôtre majeſté doit les troubles dont elle eſt aſſaillie de toutes

parts

parts c'eſt l'exil mérité d'un honnête homme dangereux par ſa vertu, & le ſalut néceſſaire d' un courtiſan que la France enti‐ére croit coupable, qui ont por‐té l'incendie, & le flambeau de la révolte dans tous les cœurs ; quelle eſt la premiere cauſe de tous ces malheurs, ſi ce ne ſont les magiſtrats indiſcrets, qui ont oſé reclamer d'autre loix, que la volonté de leur ſouve‐rain ?

Que ſerait ce, ſi vôtre majeſ‐té changeant d'objet, & ſor‐tant du cercle voluptueux de ſes occupations, imitait ces hommes furieux qui en ſe déchainant con‐tre toute la terre, ont été le fléau, & ſeront à jamais la honte de l'

I   eſpèce

eſpèce humaine ? vos peuples
feraient bien ingrats, Sire, s'ils ne
fentaient pas les avantages que
vôtre majeſté leur laiſſe fur les
nations malheureuſes, qui ont
été victimes de la fureur, &
du Brigandage de ces tyrans
(que l'on n'a pas rougi d'ap-
peller heros) Céfar, Alexandre,
Guillaume d'Angleterre, & l'infenfé Charles XII. femblables à
des metéores formidables n'ont
paru fur la terre, que pour l'en-
fanglanter, & la ravager: Quel
contraſte avec les inclinations
douces & paiſibles, de vôtre
majeſté? & combien il eſt in-
décent à vos peuples de vous
en diſtraire par des lamentations
qui ne tendent qu'a vous les re-
procher?

On

On fe fouviendra toujours avec pitié de ce controleur général minutieux, qui après avoir fait pénétrer l'épargne dans les cuifines de vôtre majefté, voulut la borner fur fa garderobe & prétendit en faire un fond capable de pourvoir aux befoins de vôtre etat! L'imagination une fois rétrècie dans les petits détails les plus grands moyens font anneantis..... manes de *Chamillard*, & de *Fleuri* nous vous attellons!...... venez *antique éminence* rendre compte à vôtre maître des fuites humiliantes de *vôtre debilité*!..... venez avouer en rougiffant, que *vôtre indolente viéilleffe* n'aurait pas dû fe charger du foin de gou-

verner

verner un royaume, dont vous avez *détendú tous les reſſorts.....* Cependant quel tort que vous ayés eu de prendre les rennes de l'empire Français, quelle peſanteur que vous ayés aportée, dans vos ſiſtêmes d'avarice & d'ignorance, quand vous conçutes le ſublime projet de detruire la même marine qui avait donné des loix à toute l'Europe, convenés que votre plus lourde *faute*, votre plus inſigne *trait d'incapacité*, fut de *laiſſer empiéter des ſujets audacieux* ſur les droits auguſtes de vôtre maître*, aux quels aucune

---

* Le cardinal Fleuri avait la fureur des très humble & très reſpectueuſes remontrances qu'il a rendues eu en recevant trop.

pu≈

puiſſance ſur la terre ne peut rien oppoſer légitimement.

Mais enfin quels abus, qui ſe ſoyent gliſſés dans vos parlemens, Sire le corps de la nation s'emeut en vain, contre vos décrets, le Français ſubira ſon deſtin, il recevra ſes fers *quoiqu'en murmurant*, & les moteurs de la révolte en perdant la conſidération dont ils ont joui deviendront des ſujets iſolés d'autant plus aiſés à dompter, qu'ils n'auront plus dans vos états le prétexte inſidieux du bien public dont ils ne ſont déja plus les organes.

L'exiſtence ou l'aneàntiſſement de ces ennemis impuiſſans, dépendra bientôt de vôtre ma-

majesté si leur sort nous est confié ? soyés convaincu Sire, que
si vous avés besoin de nôtre ministère, pour leur apprendre à
connaitre vos loix, nos cœurs sont
déja prêts à prononcer les arrêts
qu'il vous plaira de nous dicter.

Si *Beaufort*, *Bassompierre*,
Condé, *Longueville*, & l'orgueilleux *Bussi*, ont appris à la
Bastille, & à Vincennes, ce qu'
est un roi, n'est il pas un moyen
assuré de l'apprendre également
à des magistrats qui l'ignorent?
Richel..... à qui la monarchie
Française est rédévable de son
ascendant sur tous les autres
gouvernemens de l'Europe, à
fait connaître à ses maitres à
quel degré ils pouvaient se faire
re-

refpecter ? Phélipeaux, d'Aiguillon & le vainqueur de Ma-
hon, héritiers des moyens du
cardinal, connaiffent trop les
foudres dont vôtre majefté à armé
leurs mains, pour craindre l'or-
gueil des nouveaux Titans qui
s'elevent contre eux ; foyez af-
furé Sire, que vôtre confiance
eft bien placée, & que les coups
de vôtre chancelier (fur tout) feront d'autant plus terribles, que
n'etant revétus d'aucune appa-
rence de juftice & fe trouvant por-
tés fouvent fous le voile d'une nuit
impénétrable, ils effrayeront juf-
qu'à l'innocence, & la réduiront
à fe taire. La voye la plus fure
de contenir l'humanité, eft de
la faire frémir.

Pour

Pour répondre aux circon=
ftances frappantes, dans les
quelles vôtre majefté fe trouve
aujourd'hui envers fon peuple,
il ne lui fallait pas moins, que
le digne miniftre à qui elle à
confié le foin de fes finances, &
le dépot des fortunes particuli-
ers de tout fon royaume : il fallait le fublime terray, pour mettre en pratique ces traits hardis
de l'homme d'etat, qui prouvent
l'élévation du génie, & déci-
dent des evenèmens qu'une crife
violente feule a le droit de faire
paffer.

La poffeffion unique de toutes
les fortunes de vôtre empire & l'
etabliffement du fyftême de propriété fi fagement établi a Conftantinople par les enfans d'Of-
man

man, étaient Sire une consé-
quence néceffaire des actes d'autorité aux quels vôtre majefté à
été obligée de recourir, afin *de cimenter folidement* par ces coups
d'éclat des effais monarchi-
ques capables de faire envie au
defpotifme *le plus abfolú*.

C'eft aux reffources précieufes
que vous a procuré fi noblement.
Le contrôleur de vos finances,
que fe rapporteront les evéné-
mens qui vont illuftrer la fuite
de vôtre régne, & vous affure-
ront enfin une fuperiorité con-
ftante fur tous les monarques de
l'univers: la confifcation fur tout?
cette fource de tréfors inepuifa-
ble dans un état defpotique va
devenir entre les mains de votre
K   chan-

chancelier, & du miniſtre qui le
ſeconde, un jeu d'autant plus aſſuré qu'ils ont trop de diſcerne-
ment pour faire tomber leurs de-
crets envain, quand ils feront
obligès de *faire des exemples.*

Tout Français impartial convient que ces excès ſalutaires, é-
taient le ſeul moyen de prévenir
de plus grands malheurs, c'eſt ce
que votre auguſte ayeul avait
deja ſenti en pareil cas.... chacun
ſait que le prétexte de la réligion,
dont il fit uſage, ne fut qu'un
voile pour couvrir les confiſcati-
ons dont il eut be ſoin pour faire
le bonheur de ſes peuples *aux
dépens des fanatiques :* Puiſſent celles, que vôtre majeſté vient
de faire, opérer le même avantage, & faire bientot oublier les
calamités, qui en ont été cauſe !

C'eſt aux Français qui par-
tagent aujourd'hui nos ſenti-
mens, que nous nous joignons
pour nous rapprocher de vôtre
majeſté, c'eſt ſur un chancelier
auſſi grand que courageux... ſur
un miniſtre des finances *digne*
de lui.... ſur tous les gens enfin
qui ont le bonheur de plaire à
leur aimable *protectrice* que nous
oſons compter pour etre enten-
dus. Ce n'eſt plus Sire le regne
de ce miniſtre ſuperbe, qui oſait
vous démontrer, que vôtre gloire
était ſeparée de vos plaiſirs;
tous les objets ſont aujourd'hui
confondus par ſa chûte, & vôtre
majeſté n'ayant pas ce cenſeur
importun il ne ſe trouvera plus
d'obſtacle entr'elle & nous pour

K 2   s'ops'oppofer aux effets de notre zèle: daignez vous convaincre Sire, de fa vivacité, en jettant les yeux fur des fidèles fujets decidés à faire *aveuglement* tout ce qui fera du bien de vôtre fervice, & agreéz l'offre de nos fortunes, & de nos vies comme les gages de nôtre foumiffion & du profond refpect avec quel nous fommes

de votre majefté,

S I R E,

les très humbles,

très obeiffans ferviteurs, &c.

C O P I E

D'U N E

L E T T R E,

Écrite de Paris le 10 Juin,
1771.

ENFIN Monf. l'événement prédit depuis fi longtems vient d'arriver, mais il a fait une fenfation bien contraire à celle que l'on croyait devoir éprouver ; le duc D.... eft fur la Roüe, & toute la France qui depuis quatre ans faifait des vœux continuels pour obtenir cette grace, vient d'en apprendre la nouvelle avec le plus
grand

grand effroi ; vous diréz peut
être, que la nation Françaife
eft bien légére, & qu'elle n'a
aucune volonté fixe ? mais vous
vous, tromperés c'eft au deftin
feul, qu'il faut vous en prendre
dans cette occafion, c'eft l'aveuglement d'un homme, & l'artifice de quelques autres, que vous
devês accufer de ce phénoméne
fingulier: la roüe fur laquelle eft
le duc eft (le croiréz vous ?) *la
roue de la fortune au lieu de celles
qu'il a méritée :* c'eft *cette Roüe
odieufe* qui précipite l'innocent, & qui éléve fouvent le coupable s'il a l'adreffe de ramper
affés bas pour s'y accrocher.

L'hiftoire offre des exemples
confolans aux malheureux, mais
perfonne à Paris n'eft en état de
aux

les gouter ; l'abbatement eft fi général, & la confternation de tout
le peuple eft fi affreufe qu'on ne
penfe plus à fortir de cet état ; on
fait que néron aprèz avoir fait
poignarder fa mére impuné-
ment, fut obligé enfin de demander la mort à genoux, ou
fait que le *marechal d'Ancre*
fut affafiné, que la *fénora Gal-*
ligaï périt dans les fupplices
qu'elle avait mérité, &c. &c.
&c. on convient que le ciel
quelquefois ne perd pas de
vue le coupable quoi qu'il l'eléve ;
mais quand fa juftice eft trop
lente qu'il en coute, cher à l'
humanité !

Maitre abfolu aujourd'hui de
fes juges & du royaume qui l'a
condamné, le boureau de M. de

6

la Chal... n'eſt plus ſur le théatre
ou le comte de Ho... a expié ſon
forfait, il faut actuellement une
révolution abſolue dans le royaume pour le ramener à ce
point d'ou il eſt parti ſous nos
yeux... *lescrimes prouvés*, ſur leſquels la pairie, la magiſtrature
entiére & enfin *les princes du
fang* ont porté leur jugement, ne
ſont plus que des actes de juſtice,
& de courage, que l'Europe a tort
d'avoir en horreur : pour ſur croit
d'étonnement il eſt enjoint à toute
la terre aujour'hui, de traiter directement avec le même homme
dónt elle attendait le ſupplice
depuis ſi longtems : voici le fait
hiſtorique *de cette horrible mer-
veille* rendu *mot à mot*.

Jeudi

Jeudi dernier tous les miniftres étrangers ayant été priés à
fouper chéz le duc de Lav......
s'y rendirent fans etre inftruits
des raifons de ce fouper qu'ils
n'ignorérent pas longtems.

Le R...... averti que tout le
monde etait affemblé parut avec
un vifage riant accompagné deM.
le duc D...qu'il leur annonça lui
même, en leur apprenant qu'il
l'avait nommé min.... de fes
aff.... étr.... & qu'ils traiteraient
à l'avenir directement avec lui
pour tout ce qui ferait de ce
département : l'affemblée fut
fi interdite *du plaifir que lui*
donna cette nouvelle que le duc
ne reçut aucun compliment, &
que tout le fouper fe paffa dans
le filence le plus majeftueux.

Les politiques fément dans le monde que ce nouveau miniftre fe propofe de faire folliciter les princes & pairs de revenir à la cour, & qu'il eft décidé à rapeller le parlement de Paris à condition qu'il fera reconnu juridiquement, innocent & qu'il y aura quelques témoins punis pour leur apprendre la marche politique ; mais on ne croit pas que les princes & les magiftrats qui fe font conduits fi dignement cédent à un homme qu'ils ont condamné parce qu'il n'a pas fubi fon arret après l'avoir mérité.

Avant d'arriver à la bénignité que le duc Daig.... a annoncée dans fon apologie, on s'attend encore à quelques proscriptions

ſcriptions de choix, qui s'éten=
dront aſſés pour cimenter l'autorité de ce nouveau ſilla dont
les vertus jailliront enfin des
ſources de ſang qu'il aura ou=
verte : heureux les citoyens qui
dans cette criſe, pouront ſe flat=
ter de lui être inconnus, & jouir
du privilege précieux de mou=
rir tranquilement ſans ſes ſe=
cours !

Voilà Monſieur ce que vous
vouliés ſavoir, *le ſacrifice de l'*
innocent eſt conſommé.... & les
crimes les plus affreux ſem=
blent etre devenus des titres,
pour obtenir les graces, & les
bienfaits d'un maitre que la
nation aime trop *pour ne pas le*
plaindre.

Puiſ=

Puiſſent les deux monſtres que l'Europe abhorre, reprendre bientot l'un contre l'autre l'exercice de leur noirceur & de leur atrocité! puiſſent t'ils après s'être gorgés de ſang & de forfaits, après s'étre couverts de toutes les ſouillures qui peuvent avilir l'humanité, remplir leur deſtinée en ſe détruiſant l'un par l'autre; & délivrer enfin de leur odieuſe exiſtence l'empire malheureux qu'ils ont réduit à l'extremité! tels ſont les vœux de toute la France & en particulier Monſieur ceux de votre très humble ſerviteur & affectionné.

H.

F I N.

CLEF

DES

ANECDOTES

ET

NOUVELLES LITTERAIRES.

Page 17. *L'Académie Française, &c.* Il semble que ce soit le Diable de *Pape figuiére*, qui ait donné ce prix, le fondateur fera certainement un magazin de medailles s'il ne donne pas des fujets plus aifés à traiter.

Page 18. *Il y a tous les jours, &c.* Il ferait plus aifé de trouver quarente beaux efprits de cette force (fi l'on voulait s'en donner la peine) que quarente académiciens qui fuffent leur langue.

Page 19. *Mr. le marquis de Mailleb—* *&c.* l'injuftice du tribunal, & la *faibleffe* du miniftre de la guerre auraient dû décider le marquis de Maillebois qui eft un bon officier à prendre un parti violent ; on lui ouvre une carriére très vafte en lui donnant le commandement des circoncis.

Page

Page 20. *Le jour de l'anniversaire, &c.*
M. Bignon devrait étre obligé de faire a-
mende honorable à genoux, au milieu de
la place, pour avoir refusé les gardes Fran-
çaises, & les gardes Suisses lors qu'il
donna la fête sous pretexte que cela
aurait coûté 400 Louis de plus à la ville.

Page 21. *L'abbé de l'attagnant, &c.* le
pauvre abbé s'étant brouillé avec sa cuisi-
nière & son valet de chambre, s'est enfer-
mé par depit chez les pères de la doctrine,
où il attend la mort le verre en main.

Page 22. *On imprime actuellement, &c.*
ce livre fera très utile aux agréables, & à
ceux qui veulent le devenir.

Page 28. *M. le duc de Niver——, &c.* est
d'une santé fort délicate, mais son imagination etant plus tendre & plus delicate
que sa santé, *cela peut influer sur ses nerfs,*
qu'il fortifierait par l'exercice, s'il voulait
en prendre un plus penible que celui de
faire des fables.

Idem. *On avertit, &c.* si les trois auteurs dont l'on parle ici tombaient à la
fois sur le nouvelliste, il convient qu'il
font trop lourds pour qu'il put resister
a ce poids, mais ils font priés de venir l'un
après l'autre recevoir les *croquignoles,* qu'il
leur réserve en cas qu'ils ayent de l'hu-
meur.   2

Page 25. *Mde. Riccoboni, &c.* fi elle conferve le fentiment *en equilibre*, il eft connú qu'elle le perd quelque fois phyfi-quement.

Idem. L'abbé Joannet ne nomme per-fonne, mais il parle de l'ours, du tigre, du chat fauvage, & autres animaux caref-fans dont on fait fans peine les applications.

Idem. *M. le Chancel—*, *&c.* ce livre fourmille de traits de *Sylla* de *St. Clovis, de Louis XI. de Pierre le Cruel, du cardinal de Richlieu,* & de toute la génération des *Phelip.*——

Page 28. *On diftribue fecrettement, &c.* cette proteftation n'employe pas les mêmes termes, mais elle dit les mêmes chofes l'Aiguillon eft allongé depuis cette pro-teftation au point qu'il peut fe porter par toute la terre aujourd'hui.

Page 32. *On a chargé, &c.* fi ce ftile ne parait pas affez for t à la comteffe, il eft un homme qui brule du defir de la fervir qui fe propofe pour être fon hiftoriographe.

Idem. *Les Effais fur la, &c.* ce fera en attendant vingt volumes in folio de cer-tificats de mort expédiés en bonne forme qui font actuellement fous preffe.

Page 33. *Le marquis de Thib—, &c.* ce poëme imprimé à la fuite des campag-nes

nes du marquis de Thib— commence par
une imprécation contre l'infidèlité de
Loth—, & fon incefte avec fa fille.

Idem. *Collardeau*, &c. ce poëte habile
dans le même genre ou s'effaïe Mr. *Dorat* n'ayant pas eü la précaution de s'af-
focier avec fon graveur n'obtient que l'
eftime des gens de gout ; au lieu que M.
Dorat plait à tout le monde.

Idem. *On a brulé*, &c. c'eft le fort de
tous les bons livres en France ç'a été celui d'un ouvrage précieux pour le nation
qui vient de paraitre ; ce fera probable-
ment le deftin de celui ci à moins que
les gens intéreffés ne feignent de mépri-
fer l'auteur qui les invite à le faire.

Page 34. *L'art de faire la guerre*, &c.
ce ferait bien la moindre pénitence que
l'on put donner à quelqu'uns des généraux
battus qui font nommés ici ; mais il en
eft un qui n'aurait pas échappé a la loi
du talion s'il avait vécu en Angleterre.

CLEF DES INVENTIONS,

Page 37. Mr. *de Cham—fet*, &c. ef-
pêce de fou qui s'eft fait 20,000 l. de
rente avec des idées, après en avoir man-
gé 40 avec des filles.

Page

Page 38. *Il y a un ingenienr*, &c. cet ingenieur ne fe trouve pas en gros, mais on le retrouve en détail dans cinq à fix machyniftes qui pouraient faire changer la terre de fituation s'ils avaient de quoi payer une liqueur à l'aide de laquelle ils font tout.

Page 39. On a etabli &c, ce bureau d'affurances courra de plus prands rifques que celui établi en Angleterre pour la garentie du feu; rien n'étant auffi combuftible après la poudre que la vertu des femmes.

Page 40 Le gouverneur des enfans, &c. cette felle fert à Madame à chaque fois que Monfieur le marquis va voir fon neveu dans fon exil.

Idem. *Le lit de repos*, &c. c'eft ce lit qui a fait faire la cullebute à Monf. de Monfer——; qui en à été l'inventeur.

Page 41. *Les dévotes*, &c. cette anecdote eft vraie littéralement ce qui fait beaucoup de tort aux prudes qui ont été forcées de fe priver de cette reffource.

Page 42. *Malgré l'ordonnance*, &c. le prince de Naff—— eft très grand géographe & Mlle. Fleury à le demi cercle le plus grand que l'on connaiffe.

M   Page

Page 43. *Un homme célébre*, &c. cette lanterne à appris qu'il n'y a rien qui ne puisse étre éclairé si l'inventeur fait souscrire pour une illumination générale, on lui garentit beaucoup de souscrivans.

Idem. *Un ouvrage militaire*, &c. cet ouvrage tout pacifique qu'il est est très bon pour faire des bourres à fusil en tems de guerre.

Fin des Mélanges.

ERRATA.

Page 5 ligne 8 le, *liféz* les.
Page 16 note 1 ligne d'Effrato, *liféz* de frateaux.
Page 24 ligne 1 viente, *liféz* vient.
Page 29 ligne 2 Aiquillon, *liféz* Aiguillon.
Page 30 ligne 7 le lendemain, *liféz* le même jour.
Idem 2 ligne de la note peurcerait, *liféz* percerait.
Page 36 ligne 1 de la note d'un trait, *liféz* d'un crime.
Page 39 ligne 8 après les grands feigneurs ajoutês *fe.*
Idem ligne 9 donner a, *liféz* donnera.
Page 60 ligne 3 de la note qu'il a rendues ajoutéz abufives.
Page 63 phélipeau d'Aiguillon, &c. *liféz* ces noms en abrege.